나 지금 여기에

나 지금 여기에

2003년 5월 20일 1판 1쇄 인쇄 / 2003년 5월 25일 1판 1쇄 발행

지은이 송준만 / 펴낸이 임은주
펴낸곳 도서출판 청동거울 / 출판등록 1998년 5월 14일 제13-532호
주소 (137-070) 서울 서초구 서초동 1360-28 익산빌딩 203호 / 전화 584-9886~7
팩스 584-9882 / 전자우편 cheong21@freechal.com

편집장 조태림 / 편집 조은정 / 본문디자인 하은애 / 영업관리 정재훈

값 7,000원

ISBN 89-5749-000-0

나 지금 여기에

송준만 시집

청동거울

自 序

시대의 증상을 앓고
세대의 업보를 치르며
살아온 흔적 넋에 배어
거친 언어로 살아남아

우수와 고통의 옹이를 푸는
서툰 몸짓, 영혼을 풀어
어둠을 걷어내는 儀式은
깊은 밤 홀로 치러야 했다.

흐르는 의식을 잡아
영원의 무늬를 그리려……

2003년 5월

송 준 만

차례

■ 自序

나 지금 여기에

어디로 가고 있을까?

난장판에선 문화가 꽃필 수 없다

탈 쓰고 소리치며
꽹과리 때리며 돌아치고
돼지 먹따는 소리로는

깊은 생각을 담을 수 없다

똥 같은 사설 내뱉고
씹 같은 쌍욕 해대고
붉은 띠 구호 악쓴다고

잔인한 고통이 없어지질 않는다

설익은 무당 땡굿에
품바 각설이 장타령에
난장판 디스코 춤판으로는

마음이 깨끗해질 수 없다

지지고 물들인 머리에
돈칠한 걸레옷 걸치고
인스턴트 식품으로 배채우고는

우리 몸이 성할 수 없다

평등을 핑계로 획일을 긋고
집단을 구실로 정신을 흔들어
조급하게 서로를 속이는 곳에선

창조적인 문화가 생길 수 없다

새로 등장한 초고속
저질화 급행 열차는
인터넷＋TV＋라디오를 몰고 세차게 달리는데

인간들은 어디로 가고 있을까?
인간들은 어디로 가고 있을까?

우 화

아이들은
어른의 아버지라고 굳게 믿어
나라를 세웠다

어린 대왕이 등극하시고
미래의 관리가 임명되며
왕국이 갖추어야 할 열사며 전사며
어른이 갖고 있어야 할 모든 것을 만들었다.

부모가 안 되기 위하여 자라길 포기해야 했으며
현재로 남기 위하여 과거를 없애버려야 했으며
조국의 아들 딸이기에 부모와 단절해야 했으나

그들도 다스리기 위하여 복잡한 것들을 피해야 했으며
그들도 정치를 하기 위하여 희생물들이 있어야 했으며
그들도 어른들처럼 모든 걸 다 알고 있는 척해야 했으
나

자꾸 자라나는 어린이들이 두려운 그들은
전설의 왕처럼,

갓 태어난 아기들을 모두 없애고 싶었고
다가오는 생명이 무서워 그들은 어른처럼 주저하며
피할 수 없는 종말이 다가옴을 느꼈다.

드디어
아이들은 어른의 아버지라고 말한 시를 없애기로 결정
했다.

생각 쓰레기

형광등 밝히는 어두운 대낮
산성비가 도시에 내린다.

쓰레기로 장식한 도시,
먼지 낀 인간의 시력,
최루가스로 화장한 성당,
그리고 시체들이 내동댕이쳐진 거리에서
진리를 등기내려는 무리들이 이빨을 드러낸다.

백성을 볼모로, 이념을 무기로
소주 맥주 칵테일 파티가 열리면
소리치고, 눈물짓고, 돌 던지고, 한숨짓고
결국, 힘은 신앙의 원천이 된다.

조작된 말이 무지를 강요하고
해석의 자유는 폭력을 합리화하고
신분을 내세운 특권은 행위를 정당화한다
무한 책임으로.

폭력을 먹고사는 기회주의자들은 평화를 두려워하고

자신의 주장만을 씹는 무리는
양식을 두려워하지 않는다.

성+속+이념=선의 공식을 만들어
정의의 소유권 분쟁을 일으키며
그들이 만들어내는 진리는 단어이다
머리보다도 큰.

대학을 떠난 지식이 거리로 쏟아져
연쇄 반응을 일으키고
윤전기에 힘 한번 불어넣자 활자가 커져 사람이 안 보
이고
검찰도 500만 원짜리 부정은 죄가 아니란다

이런 도시에 비가 내려 쓰레기들이 떠내려가고
더러는 수채를 막아 오물을 퍼올린다.

아무튼 비야, 너!
많이 내려라
도시엔 쓰레기가 많단다.

하지만, 눈물도 비도 어쩔 수 없는
생각 쓰레기는
누가 쓸어간다더냐?

너일 거야

영혼이 스친 흔적도 없는 예술이 퍼지면서
세상은 변하기 시작하였다;

기계화된 철학
무기화된 과학
상업화된 종교가 나타나
식민지 전쟁을 선포하였고
이는 강대국의 논리 그것이었다.

교회의 네온사인
백화점 네온사인
디스코 네온사인들이 번쩍이며 유혹하고
정신을 대신하는 약이 밥보다 흔한 세상 되어

소음 매연 농약에 찌들려 허약한 정신이
자포자기한 교육 광고화한 TV 재벌이 된 언론 군인 정
치가
식민지 박사들의 협잡협박에 눌리고 혼란된 채 떠밀려
신들도 이미 떠나버린 도시를 떠나야 했다.

중앙청에 짓눌린 궁에도 기식하고
목판 썩는 장경각에도 몇 달 살다가
규장각 좀약내로 한증하고 기력을 회복하여
다시 돌아오려 해도 돌아올 수가 없었다.

영혼이 있었다는 것을 기억조차 못 하는 사람들과
그것이 있으면 사업에 방해된다는 사람들에 의해
정신은 천대받아 매맞고 묶인 채 쫓겨나야 했다.

가까운 대학은 이미 이데올로기가 점령했고
정치가의 빈머리는 이미 권력이 다 점령했고
교육 잘 받은 이들의 마음도 투기가 점령했고
남은 여린 맘은 수입한 종교가 점령하여
배척하고 원수시해 잿밥에 동냥하고 장타령에 흥얼거
리다가
미친 사람을 만나 흉금을 털어놓고 실컷 울었다.

유물론을 싫어한다며 물질을 숭배하는 물신주의자들
은
심장을 갈아끼우니 정신마저 만들 수 있다는 미신을

퍼뜨리고
　서양처럼 사고해야 수출하는 세계적인 나라가 된다고
선전하며
　영혼 따윈 우리 분수에 넘치는 구시대의 유물이라 선
포했다.

　영혼이 떠난 빈자리를 기복으로 채우고 향락으로 위로
하고
　합리성으로 줄긋고 스포츠 왕국에선 소비가 미덕이라
며
　무한한 욕망으로 생각을 없애버려 정치가 좋은 일만
했다.

　이런 와중에 불모지에도 희망이 싹트기 시작했다
　삶의 무의미를 도저히 참을 수 없는 사람들이 생기고
　조작이 진실을 대신할 수 없음을 깨달아 양심이 회생
하고
　정신을 추방했던 언어가 다시 순수해지기 시작하면서
　빈자리의 주인을 다시 찾기 시작하였다.

이제 오래 기다린 영혼이 먼길을 돌아와
수려산 기슭 정갈한 방, 고요히 앉은 이의 정수리에
내려앉으려 한다.

이 조용히 기다린 이는 누구일까?
초인은 아직도 오지 않는데?
그 누구일까?

아마

너일 거야!

너밖에는 없으니까!

기다리는 사람들

그 사람을 기다렸다
전설에 약속된 대로
미래를 이끌어갈
큰 능력 그리고
우리를 인도할 어떤 무엇을 가진 자로서

그를 오랫동안 그려보았다
모습은 어떠해야 하며
말은 어떻고
행동은 어떠해야 한다고

기대 때문에 자신이 미미해짐을 기쁨으로 여겼다
부질없는 일이었지만
우리의 희망과 열성은
기다림의 연료로 쓰일 뿐

성장과 발전이라는 어구로 자신의 공로를 외치는 사람
들은
대부분 부패된 명사였다
순수하고 완전한 사람을 기다리는 동안

사람들은 자신이 역사를 만들고 있는 동사란 사실을
몰랐고

꿋꿋하게 살고 있던 사람은 스스로
깨끗하다는 것을 모른 채 살아왔다
사람들과 만나서는 사람처럼 행동하고
사람을 떠나서는 같이 있는 듯이 살며

큰 사람이라 여기는 이는 없었고
위험하다고 생각하는 이는 더욱 없었다
사람들은 만나도 무심하고
공기나 물처럼 여겨

욕심이 없어 자유로운 그들을 누구도 구속할 수 없었
다
중심이 깊어 흔들리지 않았고
남과 어울리면서 조화를 가져오는
빼앗길 것 없어 불안하지 않아

이념도 이익도 모르는 사람들 틈에 끼어 지내왔다

있는 것을 없다고 하지 않은 것이 전부이고
남의 것을 탐하거나 해하는 것을 부끄럽게 여겨
타인을 부리려 하지 않았을 뿐 더 나을 것이 없어

하늘이 두려운 사람은 매일 일하며 살았다
신문이나 TV에 떠드는 것이 모두 쇼라는 것을 알고 또
지도자라는 사람도 모두 나쁜 역을 맡은 배우라 여기
며.

언어와 시간

휘문이한 말이 뿌리를 내리지 못하는
뗏국물 의미가 쌓이지 못하는
유선형 시대

시간이 증발된 공간에
아이들이 태어난다

비디오로 평면화된
오디오로 반복된 그리고
광고로 순결을 도둑맞은
의미의 체험이 없는 시대에

아이는 어떤 세계를 그릴까?

공식으로 해결하는 말
이념으로 표백한 무기 말
해석을 책임지지 않는 자동화 시대에

아이는 무슨 생각을 할까?

영혼이 필요 없는
고뇌가 필요 없는
역사를 거세한 시대에

시간을 모르는 아이는 무엇을 기다릴까?

감정을 휴지화한
영혼이 숨쉴 수 없는
박제된 언어 시대에 자라는 아이는

무엇을
사랑이라

무엇을
행복이라 할까?

산정묘지

전설은 위로를 주었네

산에서 부는 바람은
만물을 싹트게 하는 바람

산에서 부는 바람은
큰 숲을 자라게 하는 바람

산에서 부는 바람은
열매를 영글게 하는 바람

산에서 부는 바람은
우리를 꿈꾸게 하는 바람

경건한 등산가는
산에서 영감을 얻는다 했네

아무도 가보지 못한 산일수록
인간이 가닿지 못한 산일수록

그 빛은 순수하며 영원하다 영원하다 하네

새들도 하늘 높이
표범도 하늘 높이 산정을 향해 달리고

이끼조차 산정을 향해 산정을 향해 달려간다고
나의 목표를 밝혀주었네

늙지 않고 죽지 않는 신의 나라
전설을 들려주었네

희망에 부풀어 헐떡이며 눈 덮인 산정에 올랐네
저 멀리멀리 시선은 날아가고
바람은 야윈 몸의 열기를 세차게 식혔네

아! 그러나
숨결마저 얼어버린 정상과 푸른 하늘 사이엔
오직 이 한 목숨뿐
제물이 되기엔 너무 늙었네

산정엔
먹다버린 찌꺼기와 백 년을 간다는 비닐 포장들만이
빛 속에 버려져 있었네

신에게 마구 던지고 간 희망들이 무덤을 이루고 부적
과
배설물들은 얼음 속에서 빛나고 있었네

쓰레기를 짊어진 내리막길에
생각은 허연 연기 속으로 날아가
숨결은 바람 속에 자맥질하는데 생각이
가서버린 형상의 빈자리엔 고운 숨결만 남아
발 아래 따뜻한 숲을 바라보았네

얼음의 정토를 지나
숨결의 영토 가장자리에
이끼는 조상 썩은 물에 뿌리를 내리고 자라며
투명한 하늘을 향해 치솟은 소나무도
죽은 나뭇잎 위에서 자라고 있었네

묘지 빙하 골짜기에는 푸른 목초가 자라고
유난히 키 큰 성당이 정갈하게 서 있었네

관목 향기 맡으며 숲 그늘에서 휴식한 후
시냇물 따라 오솔길 따라
노래 부르며 돌아왔네

이후론
산에 오르는 사람을
미워할 수도 사랑할 수도 없었네

나는
알았네
산정엔 휴식이 없다는 것을

나는
알았네
역사를 먹고 신들도 산다는 것을.

환한 슬픔

봄부터 머금은
빛을 토하며
떨어지는 낙엽은
색색이 절실하다;

도시의 단풍은
네온들을 닮아 사철
붉게 타오르며

플라타너스는
행인을 닮아
칙칙하게
딩굴고

한국 백 년을 살아온
소나무는
가슴 찌르는
아픔으로 굽는다

맑은 물에 비친 산은

시간과 함께 생각과 함께
떠내려가고
하늘과 사방이 물든 산길은
호젓이 평화롭다

가을의
터널을 지나며
슬픔과 기쁨이 함께 이는 이유는
무엇일까?

님 생각에
외로움이 피어서일까?

빛 묻은
고운 얼굴 때문일까?

빛을
그리던 사람이
떨어진 길엔
환한 슬픔이 있다

환한 슬픔

주의의 승리 : 평등의 천국

이익의 전쟁터
자유와 평등이 피 터지게 싸워
박애 간호병은 사람 살리라고 호소하나

정의는
균형의 살얼음판을 걸으며
비틀거린다;

지렁이와 부엉이도 동물
사람과 노새도 포유류
뛰는 놈 위에 나는 놈은
끼리의 평등을 배반해

평등 위에 서는 자유는
주체할 수 없는 거구로 자라 걷지 못하고
평등이 무기인 독재가들은 사람의 눈을 멀게 하여

살인과 부정도 평등의 노이로제 앞엔 환상으로 빛나고
폭력과 부패도 경제주의 앞에선 정당한 치부 수단이
된다

자유를 삼킨 평등 사회에선
교육과 종교도 인간을 유아기에 붙잡아 놓고
경제는 벨트라인 앞의 생산성만 올리라고 나무래

모두가 꽉 껴안아 날지 못하는
같은 무게로 눌러 납작하게 균형을 잡는 평등으로
잘하는 놈은 반동 기기만 잘하면 모범 당원이 된다

삶의 최소 기준, 생명의 최소 보호막인
평등이 타고난 것을 시기하면 위태롭다:

정치가, 공해식품업자, 폐수방류자, 호르몬 농약 투여
자, 살인자,
포주 강도 탈세자 세리 변호사 부패 공무원 재벌 등의
의견을 골고루 섞어 반 접어 올리면 우리의 삶은 결정
돼

적당히 죄를 짓고 적당히 부정하고 적당히 타락하여
적당히 사는 방법을 민주적으로 합법화해버리고

선과 악을 골고루 섞으면
기득권은 커지고 이익은 보호된다

민주 법칙은 선악을 안 가리고 미래를 책임지지 않아
　반 이상만 찬성하면 미치든 안 미치든 상관없이 결정
된다
　반 이상이면 미친 줄도 모르니까

민주주의는 이래서 현세적이고
민주주의는 이래서 보수적이다

이 기막힌 균형
이 기막힌 합리

인스턴트

골
흔들고 소리치면 혼은
해골 속에서 살지 못하고 도망친다:

불안한 마음을 달래주는
마취약과 영상정보는
순발력 있게 의식을
소비하고 달아나,

사색의 끝간 데 올라
뿌리에서 하늘까지 뻗은 고통의 깊이에 놀라던 이들이
사라진 땅,

물밀듯이 밀려오는 인스턴트 유령들은
음모라기엔 부끄러운 무시하기엔 너무 큰
알 수 없는 힘으로 본성을 갉아먹어

의미는 뿌리를 내리지 못하고
영혼은 하늘이 준 자리를 잃어버렸다

잠시도 집중할 수 없는 마음은
인스턴트 음식, 멀티미디어, 소음에 섞여
생각이 사라진 지 이미 오랜 땅,

쇠 뚫는 집념과 맑은 사고를
호르몬으로 흐려놓아 혼은 시력을 잃어버렸다

움직임이란 침묵의 표현,
깊숙이 파고드는 예리함이라야
저 우주의 신비에 다다를 수 있을 뿐
지혜의 영토에선 한 치의 허튼 수작도 통하지 않아
시간도 그저 흐르지 않는다

인스턴트 속에서 잃은
찰나의 충만함이여!

인스턴트 속에서 잃은
생의 깊이
혼의 숨결이여!

아!
우주의 시간은
아직 소비되지 않았다.

하이테크 포르노

몸 팔아 돈버는 옛 기술
자극으로 감각 뺏고 조작으로 생각 없애
기계로 감성을 파는 범세계적 매춘 시대

몸 팔던 이들 공장으로 보내고
새 기술로 고객을 빼앗아

애 어른 도취시켜
연령 장벽 성 차별을 없애
쾌락의 연령은 확대되고 출산 연령은 소멸된다

여가와 노동이 함께 이루어지는 맑스의 낙원에서
마음과 느낌이 조절되는 행복한 공간에 철학은
프로젝트에 기웃거리며 떡고물을 탐내고

공학이 된 예술은 이익에 아부하며 치부하랴
팬티 색깔 과자 색깔 입술 색깔 눈썹 색깔 물 색깔
색쓰기로 고통 잊는 법을 개발하려 정신이 없다

호르몬의 천국에서 의사 약사 과학자 심술사 종교사들

은

　　엔트로피 천국을 약속하며 시대 정신을 구현하고
　　영상 업자들은 색 쓰레기로
　　벗은 두개골에 허상을 채우려 음모하며

　　조작에 갇힌 인간의 신경계에 걸어논 테잎만이
　　자동으로 풀어졌다 감기고 다시 풀어지고
　　감겼다 다시 풀어지고 리와인드 회전 재회전,……

　　하며 영과 일 사이의 엄청난 거리를 우주 여행하며
　　자폐증에 시달려도 없는 현실에 호소할 곳조차 없어
　　자신의 최대의 적이 되어버린 인간은 지구 떠날 준비
에 전력을 기울인다

　　변화의 미신은 모든 것을 바꾸며
　　진실은 죽었다 신은 죽었다 세뇌하고 기계 속을 헛돌
고 나온 사고는 성스러워져
　　존재하지 않는 곳에서 사고하며 생각 없는 곳에 존재
하는 유령으로 떠돌고

문화로 핑계대는 뇌수 없는 사회의 속살 없는 욕망은
이익의 주인 없는 공허한 관성, 보이지 않는 손의
폭력에 지치고 병들어 자연도 신체도 손을 들어버린,

항문기에 고착된 영혼들은 긁어모으는 것이 병인 줄도
모른 채
  자신도 모르게 불려논 무한한 욕망의 황금 괴물에 압
도되어
  서로를 이익의 표적으로 삼는 잔인한 포주의 하수인이
된다
  '왜?'가 낯설은 화석화된 사고는 이익에 봉사할 뿐

돈이 되지 않는 쓸모 없는 것에 황홀하며
가슴이 우주보다도 더 커져 홀로 도취하던
작은 꽃, 작은 풀벌레, 작은 가슴이 호젓이 기쁘던
시절은 아! 영영 가버렸는가?

편의로 환원된 영혼의 사창가에서
제 몸을 파는 포주로 창녀로
늙는 계절이 다가오고 있다 불임의 계절이!

아!
채찍을 든 이여 언제 오시는가!
돌 던질 이여 언제 오시는가!

나 지금 여기에

삶과 죽음 사이에서

사랑하고 미워하며
기뻐하고 슬퍼하며

목숨 태워도
넋 잃지 않아,

죽음과 삶 사이에서

애타게 그리워
제 모습 돌아오려

혼돈을 적셔
시간의 씨를 키우며,

빛에서 어둠으로
어둠에서 빛으로

무슨 못 다 이룬 꿈 있어 혼은

되돌아 되돌아 오는가

제 무게를 못 이겨
다시 도는 수레 바퀴는
어디로 어디로 가는가?

굽은 역살 펴리란
굳은 약속도

천상의 수레를 타리란
굳은 언약도

수많은 바퀴를 헛돌렸고

숨결 숨결 잇는
고리 고리를 쉬지 않고 이었건만

억겁의 고통을 잊은 듯 오늘도
생명은 되돌아 되돌아온다

시계 바퀴를 돌리는
새 힘으로

무슨 기막힌 사연이 있어
골백번을 흩어져도

단심으로 꽃 피우고
청심으로 노래하며

빛붙이 살붙이
다리를 넘어

나 지금 여기에
왔나?

생각으론 굴릴 수 없는 바퀴
욕망으론 세울 수 없는 수레를 타고

살아 있음의 황홀로 헛된
핑계를 대며

아!
나
여기 있네

무지개

날아오르는 유선형의
은비단 번개
무지개 비늘 잔잔히 연한 피부는
신성한 살결로 빛나고

하늘 향한 물줄기면
지느러미 곧추세우고 온몸으로 치솟는 심성
화살처럼 빠른 물살 즐기다
갇히면 갇히면 영혼은 날아간다;

어둠의 깊숙한 음성을
팔랑거리는 건반으로 전하고

수정 숨쉬는 넋은
몸짓에 낌새를 채는 예민한 감각으로
저녁놀에 맨몸으로 뛰어올라 비상을 꿈꾼다

핏물되어 다시 태어난 강이
들과 산과 하늘을 비추면, 한 점에 기도하며

욕심을 잃은 사람들이
허전히 기다리던
잔잔히 슬픈 기쁨이 남모르게 피어오른다

물고기도 나도 주인이 바뀐 채 흐르면
아! 우린
언제 다시 이 강가로 돌아와

무지개 빛
고운 모습으로 만날 것인가?

강은
소리 없이 소리 없이 흐르는데

식물인간

뿌리째
아파트로 뽑혀와
하늘을 잃은 식물은
버틴다:

어디서건
생존경쟁을 내걸면
죽어라 살아가는 인간도

엽록소로 길들여지고
홀씨되어 떠돌며

잘라 심어도 끈질기게
폐수와 매연의
시멘트 공간을 녹이는 꽃처럼

철골 속을 순화하는 인간도
하늘을 잃어 질긴
본능으로 버틴다

풀벌레 소리 대신
금속성을 몸에 바르고
봄바람 찬이슬 대신
온풍 냉방풍으로

자동 조절장치로
계절을 잃은 꽃들은 기계처럼
죽을 때까지
사철 생식해야 한다.

상온의 천국에서
식물의 속성으로
뿌려주는 영양분을 하늘로

수조 속 이끼처럼
산소 공급기의 성화에 시달리며
생명의 연장이 무슨 뜻인가를
겉자라는 것들과 겨루며, 묻고

자신의 향기를 잃어

작은 꽃의 입 향기를 잊은
외로이 서러운 이유를 알지 못하며

기계의 힘을 맥박으로
프로그램을 운명으로 받아들여
지표의 사선에서 의사 모르게 꿈꾸는
식물인간은 아련히 슬픈 바램으로 버티고
버텨야 한다

선택의 기회를 잃은 장치 속에서
자연은 멀어져 멀어져 가는데
인내심마저 앗아가 두려움은 연명을 감추며

수치로 수치로 위로하나,
아!
하늘을 안은 여린 풀꽃의
생명, 웃음짓는 모습은

천둥처럼 번개처럼 두렵다
천둥처럼 번개처럼

박테리아보다 더
잔인한 식물처럼
버텨야 한다

큰 별이 올 때까지
큰 별이 뜰 때까지

청맹과니 베토벤
― 61번에 부쳐

깊은 뜻 알 수 없어
부질없이 부질없이 반복할 뿐

곁 귀로조차
듣지 못하는 우리가
귀머거리라 부릅니다

우주의
숨결 듣는 이를
마음으로
젖은 소리 듣는 당신을

목메인 소리로
메아리치며
골고다를 넘어오는 당신은
누가 보낸 사자입니까?

여린 빛,
희미한 소리로
생명을 이어가는 당신,

눈물로 잉태되는 구원은
불사조되어 나르고 남은 물기는 흙을 적십니다

찰나와 찰나를 일구는 생명을
혼의 사슬로 감싸는 위로는 반복되며,

숨결 잇는 환희로 빛내는 당신은
슬픔을 가슴 속에 태우는 용광로인가요?

삶의 긍정이
슬픔인 것을 보이신 당신은

아!
생의 씨앗
외로운 등불인가요?

무엇을 밝히려

우리는
등잔을 옮겨가며
타오르는 불꽃

무엇을 밝히려
쉬지 않고 타오르며

우리는
촛대를 옮겨가며
타오르는 불꽃

무엇을 밝히려
자신을 태우며 눈물을 떨구고

우리는
살을 옮겨가며
흐르는 젖줄

무엇을 밝히려
명은 쉬지 않고 이어지는 걸까?

우리는
핏줄을 옮겨가며
쉬지 않는 숨결

무엇을 밝히려
찰나와 찰나를 영겁으로 이으며

우리는
정신을 옮겨가며
피어나는 넋

무엇을 밝히려
기쁨과 고통에 담금질할까?

우리는
육신을 옮겨가며
살아가는 생명

무엇을 밝히려

꽃은 피고 또 피며

우리는
찰나를 옮겨가며
타오르는 시간

무엇을 밝히려
찬란한 "지금 여기"를 빛낼까?

무엇을 밝히려.

영원한 것은 두렵다

강물이 흐르고
시간도 흐르고

공간이 변하고
생각도 변하고

태어나 살다가 늙어 죽는
인생은 자연스러워

꽃피어 열매 맺고 흩어지는
생명은 자연스러워

억지를 부려
핀 꽃을 정지시켜 놓으면
꽃은 꽃이 아니고

억지를 부려
젊음을 정지시켜 놓으면
젊음은 젊음이 아니고

두려운 것이 된다

아이들이 자라지 않으면
영원히 변하지 않으면
얼마나 두려울까!

시체가 변하지 않으면
세상은 죽음으로 가득하여
얼마나 두려울까!

조상의 먼 조상의
처음과 끝이 그대로인
아아!
상상만으로도 두려운 꿈이다

변하지 않는 것은 두려워

저 고정의 감옥 안에선
아무것도 살 수 없어

숨붙이 피붙이 살붙이들은
죽음을 드러내고

저 고정의 창 뒤에는
한번만 보면 다 아는
지루한 세계

왜
이렇게 지독한 가정으로
과학은 우주를 고정시키려 하고

왜
이렇게 지독한 고착으로
믿음은 세상을 잡아놓으려

스스로 만든
감옥에 드는가?

영원한 것은 두려워
한번 고착되면

편견으로 고정되어
인간은 지옥에 갇히고

이념으로 얼어붙어
숨결은 굳어져 버리고

생명
아!
의식은 자유를 잃어
살아 있음을 잃는다

굳어진 의미는
의미가 아니고

살아 있어야
생명을 낳을 수 있어

힘차게
뻗어나가는 의미

살아 있음의
저 찬란한 광채!

넋의 심연에 뿌리내려
영혼의 꽃으로 피어나는
아름다움을

박제시키려는
무모한 강박관념은
병든 것!

죽음 저편
영원한 나라는
변하지 않는 세상,

생명의 이편
삶의 나라는
끝이 없는 세상

신도 새로 나고
나도 거듭나는

신을 먹고 신이 되는
생명 사슬이
신비를 일구는 영지엔

찬란한 넋 무지개로 피어올라
가슴을 적시리라!

찬란한 생명력으로 피어올라
만물을 뜻있게 하리라
기쁨으로!

왜
신의 희망을
신의 절망을

왜
신의 영원성을

신의 완전성을

인간들에게
강요하는가?

생각은 잠시 머물다 가는 파문
무늬가 선만큼 머물다 가는 것

고운 무늬는 진리,
없어졌다 다시 피는
사이에

숨결은
생각을 숨쉬고

떠올린 무늬로
腦壁에 그림을 그려
외로움을 위로 받는다

언뜻 비친 문양으로 새긴

腦皮 벽화:

누가 그린 그림들일까

삶의 무늬를 영원으로 만들고픈
흘러가는 생명의 희망

시간의 소용돌이를 세워놓고픈
흘러가는 생명의 소망

넋의 그림자라도 새기고픈
흘러가는 인생의 바람

이 모든
영원을 향한 몸부림은

생의 진실
의미의 절실함
찰나의 소중함을 뼈아프게
간직하고픈 헛된 환상일 뿐

젖줄은 기일게 길게 흐르며
희미한 이음새 마디를 이루며
저편을 향해 흐르고

어딘지 모를 저편의 의도
어딘지 모를

붙박이 별 없는 곳으로
향하는 관성으로

영원의 눈짓을 받은 듯
위장하지만

허전한 인간들은

작은 불빛이라도
작은 약속이라도

진실인 듯

진리인 듯

붙잡으려고 발버둥친다
서로 다투며

흘러가는 것은
영원을 확인할 수 없고

흘러가는 지각은
속도에 비례할 뿐

흘러가는 지구는
우주를 세울 수 없어

찰나의 진실만이
생명의 찰나만이

영겁을 알 뿐
여기를 알 뿐

영원은
생명을 모르는 환상
맹목으로 이끄는 폭력,

아!
영원을 가진 자는 두렵다
영원을 파는 자는 두렵다

시간이 흐르고
숨결이 흐르고

왔다가 돌아감은
자연스러워,

영원은 저 만치서
영원은 저 만치서

아름다운 유혹일 뿐

영원은 저 만치서

영원은 저 만치서

아름다운 유혹일 뿐

인간은
갈 수 없는 거리에서

영원의 무늬

시공이 증발되어
퇴색된 단어를 그는 버렸다;

이별 숙명 병고 노쇠 사망,
상징의 의미조차 변질되어

뿌리를 잃은 이념의
시선으로 넋을 두드리나

밝아서 어두워진 얇은
피부 속에 강요된 진리도

물질로 손익계산을 하면
남는 것이 없는 빈 허울,

빛으로 계산을 하면
남는 것이 없는 그림자는

유령의 춤으로 넋을 위로하는
환영의 성전으로 유혹해

꼬리에 꼬리를 붙인 약속으로
의미를 무한으로 불리며

멋진 세계를 만든다고
언어 없는 그림으로 채우며

의식의 논리를 끊어
배열된 영상은 자유를 꿈꾼다

토막내지 않은 배경의 의미는
언어가 싣지 못해

상투적인 정의에 시달리지 않고
시제에 담기지 않는 여여!

도착된 언어는 말마다
프로이트를 부르고

민감한 장사꾼들은

사물의 숫자에 집착하고

조사로 의미를 반전시키고
부정으로 완전한 전도를 막는다

시공의 전도. 조작된 논리를 견뎌내는
유연한 반응은

생명의 뜻 연한 우주 시간 속에 펼쳐
의식과 시간의 흐름이 상응하는

상징 속에 우주의 꿈을 일구어내는
刹那와 영겁, 순간과 永遠이 녹아 섞이고

가역과 順逆이 서로를 지탱하며
원형과 역사가 존재와 시간을 분리하여

의미의 덫을 만들어내는 거미의
풀무 속에는 찬란한 무지개가 있다

영원은 만들어져야 하는 것
찰나는 사라져가야 하는 것

다시 없는 찰나만이
영원의 무늬를 찬란하게 하는

아!
진정한 찰나만이 如如!를 빛낸다

프로이트 나무아미타불

프로이트가 망상으로
중생을 정신분열시켰네;
—나무아미타불—

쌓인 기억의 잔상, 순간의 착각, 못 이룬 욕망
사랑하고 증오하고 기쁘고 즐기고 화내고 싫어하고
슬퍼하고 바라고 잊어버리고 싶은 떠도는 기운이 빚은

허상에 주체를 부여하고, 환상에 자율을 부여하여
벗어날 수 없는 미망 속으로 영혼을 조각으로 갈라
어제의 꿈, 그제의 악몽이 이 살아서 지배하라 하여
과거의 집착이 생을 갉아먹고 미래가 생을 목조여
살아 있음의 자유를 무참히 박탈케 만들었네
—나무아미타불—

공중에서 서물거리는 검은 환영을 진리로 추켜세우곤
나 몰라라! 돌아서며 여린 인간들의 속을 마구 흔들어
망상은 환상을 먹고 악몽을 낳고 꼬리에 꼬리를 물고
미망의 쳇바퀴를 돌리며 미궁 속으로 인간을 몰아넣어

자신을 통제해야 하는 그러나 능력이 없는 주인이 되
어
스스로 자신을 대상화하는 물질적인 인간 객체가 되어
조작하고 길들이고 치료하고 벌을 주는 카메론이 되라
네
—나무아미타불—

몽당 귀신 마군이들로 의식을 윽박질러놓아
속에 든 유령은 영혼을 갈라먹으려 투쟁하며
신체를 차지하려고 다투면서 몸을 병들게 하고
넋의 고통을 불리면서 구원이라 치료라고 선전하네
—나무아미타불—

아!
저 희미한 생의 꼬투리에 목숨을 거는 연약한 인간들
저 부풀린 망상으로라도 위로를 받아야 하는 불안한
사람들
실낱 같은 의미라도 매달려야 하는 벌거벗은 가엾은
생명들
고해 성사를 대신한다며 꼬여 신까지 버린 무의식의

죄인들
　　―나무아미타불―

　밖도 도울 수 없고 안도 지탱할 힘없는 여린 심성을
　환상으로 몰아부치고 강철 논리로 무작정 끌어당겨
　영혼은 영지를 알기도 전에 약에 중독되고 뇌가 잘리
네
　　―나무아미타불―

　망상의 妄想의 망상으론 연기의 쇠사슬 끊을 수 없어
　고통이 고통을 낳는 윤회바퀴는 끝없이 돌고 돌아
　生老病死의 연기를 끝없이 무궁하게 연장하고
　　―나무아미타불―

　욕망으로 색칠하고 소유로 힘을 불려놓고
　성에다 모든 걸 걸라 하며 정신 나간 의사들이
　자유와 해방이 성기에 달렸다고 미친 듯이 외쳐대네
　　―나무아미타불―

　환상의 껍질을 벗기고 벗겨도 남는 건 텅 빈자리뿐인

데
　마군이들을 머릿속에 풀어놓아 주인 노릇을 하라 하고
　컴퓨터 바이러스처럼 떠도는 유령들을 주인으로 섬기
고
　채울 수 없고 잡을 수 없는 끝없는 욕망을 성으로 풀라
한다
　─나무아미타불─

　성감대를 자극해 연령을 낮추며 근친 상간으로 영토를
확장하면
　욕망이 하늘인 자본주의 원죄에서 어떻게 벗어난단 말
인가!

　빈 욕망을 풀어놓아 본래 깨끗하고 빛나는 진실을 가
려
　일어나 변해가고 사라져버리는 덧없는 마음에 집착하
라는,

　스스로 깨끗이 할 뿐인 참 마음에 덧칠하는 철부지 병
원 놀음

한 생각내면 어긋나면 백만 가지 장애를 만드는 것을
몰라
  깨치면 본 마음을 얻고, 헛것인 줄 알면 이미 여읜 것
이련만

  마음의 틈을 열어 번뇌 마군이를 쑤셔 넣어 어쩌자는
건가
  왜 분석의 칼질로 마음을 조각조각으로 분열시키려 하
는가
  탐욕과 애욕의 불꽃에 불을 붙여 어떻게 하겠단 말인
가
  ―나무아미타불―

  넓고 비어서 성스러움이 없음을 그들이 어찌 안단 말
인가
  본래부터 늘 열반인 것을 투쟁뿐인 파란 눈이 어찌 안
단 말인가
  분별로 생긴 욕망의 언어로 끊임없이 연기를 만들어내
어쩌자는 건가
  색의 언어를 타고 표류하는 헛된 욕망을 부추거서는

도대체 어쩌자는 건가
　심령의 깊은 뿌리를 잘라내면 외로운 넋들은 도대체
어쩌란 말인가
　—나무아미타불—

　아!
　영혼의 우상
　허깨비 귀신을 누가 키우고 있는가
　고통에 떠는 여린 인간들을 누가 책임진단 말인가
　번뇌의 사슬을 누가 벗겨줄 수 있단 말인가
　욕망을 풀어놓으면 영혼은 어두워지는데!
　—나무아미타불—

　욕망에 도착된 프로이트여, 어떻게 욕망을 벗어나란
말인가
　어둠 속을 향하면서 어떻게 어둠을 벗어나란 말인가!
　환상을 깨라 프로이트여! 원죄를 벗어라!
　환영을, 우상을 죽여라! 프로이트여!
　아직 아직도 늦지 않았으니!
　분석의 칼을 던지라!

중생을 위하여!
―나무아미타불!―

단풍질 수 있을까

고운 빛깔로 쓸쓸히
돌아가는 이들을 위로하며

흙에 떨어져서는 차마
하늘을 볼 수 없는 사람을 위로하며

온 산을 화려하게 물들인 채
파란 하늘만 남겨놓고
바람 따라 낙엽질 수 있을까?

노란 온기로 쓸쓸히
돌아가는 이들을 위로하고

열매를 약으로 남겨
흙에 떨어져서도 기운을 잃지 않으며

인생을 결산하여
조용히 외롭지 않은 선홍의 빛깔로
바람따라 낙엽질 수 있을까?

생의 황혼녘을
곱게곱게 빛내는 나무들처럼
그렇게 낙엽질 수 있을까?

떨어져서도
추하지 않은 진한 모습으로

서러운 계절에
얼굴을 잃은 이들을 위로하며
바람결에 따라 춤추며 함께 갈 수 있을까

환상을 걸어 놓고
어느덧 가버린 가을처럼
그렇게 훌쩍 떠날 수 있을까
색 몰래!

치 유

상처 입은 나무가
울며울며 노래한다

여린 목소리로
인간은 느낄 수 없는
저 가냘픈 떨림으로,

얼마나 아팠으면
옹이져 뒤틀리고

얼마나 괴로웠으면
온몸에 구멍이 났을까!

억새의 흐느낌
솔잎의 속삭임도

풀벌레의 소리
작은 새의 노래도

서로

자리를 빛내는 것인데

온 세상이
저 위해 있는 줄로
착각하며 인간들은 오만하다

바람이 불면
나무 풀벌레도
사람처럼 추워하고

입김은
가슴을 여닫고

희미한 빛살에도
고개를 향해

향내 나면
온몸으로 달려가
하나가 되는데

작을수록
희미한 기미로 살고
말없는 느낌으로 살고

클수록
몸의 일을 모르고
작은 일을 모르고

힘으로
잡아먹을 궁리만 하고
잡아먹을 꾀들만 내는데,

인간들은 만물의 영장이라며
기고만장 끝간 데를 모른다

아!
작은 숨결 없어지면
작은 생명 없어지면
세상은 종말

작은 이웃 사라지면
작은 노래 사라지면
세상은 끝나

보이지 않는 숨붙이
보이지 않는 넋붙이
가버리면

우리 몸은
아무것도 남지 않는데

약육강식이 절대절명인 양
골수에 가득 콧대 높은
위험한 족속들은
복종만을 강요하고

미물이 흩어지면
종말을 맞고 사라져가

숨붙이 흩어지면
종말을 피치 못하리니

거창한 지상의 목표와
위대한 인간의 의도도
허망할 뿐

함께 하지 않으면
살 수 없는 것을

함께 살지 않으면
흩어지는 것을

모른 척하고 있을까
왜?

누가 마음을
누가 생각을 갈라놨을까?
이렇게

귀 두꺼운 우리도 들리는데
나무나 풀 작은 생물들은 얼마나
사무칠까?

고래의 은밀한 언어
박쥐의 밤의 언어

빛깔과 향기로 부르는
저 고운 꽃의 언어

모두가 서로를
그리워하는 부름
함께 하고픈 바람인데

인간은 남의 말을
무시하고

자신의 문법으로
자신의 정의로

윽박지르며
의미를 강요하고

협박하며
합리를 강요하고

잡아먹으려
생존경쟁을 내세운다

어떤 생명체가
이처럼 모질고
이처럼 간교하고

어떤 생명체가
이처럼 욕망의 덩어리인가?

서로서로 위로함은
우주의 고아들이 할 일

서로서로 줌은

천지의 생명체가 할 일

섬과 행성의
고독한 존재들이 할 일
인데

누가 세상을 이렇게
개념으로 이념으로
갈라놓고

누가 세상을 이렇게
먹물로 칠해놓고

하늘 환한 줄도
모를까?

누가
인간을
정의하는가?

나누고 나누고
재조립하여

당장
필요하면 의미가 되고
필요 없으면 버려

시간의 노예인 우리에겐
긴 미래가 없다

신을 죽여
하늘을 잃은
분열증환자

서로 나누기만 하여
천체를 잃고

힘
기술에 복종하는
과학은 노예

그 누가
세상을 책임질 것인가?

그 누가
미래를 책임질 것인가?

이익으로 미래를 책임진다는
생산으로 환경을 책임진다는
과학 기술 경제,

세상을 황폐화시키는
과학 기술 경제,

셋이 야합한 주의는
큰 미래를 구할 수 없다!

학문도 인간을 저버린 세상
시장판에서 이익에 팔려 가는 노예들
보이지 않는 손의 투명한 농간

지구를 버리고 도망가자는 과학자들

아!
누가 책임질 것인가?

저 작은 생명들밖엔!
저 여린 호소들밖엔!

아무것도 없다
아무도

우리를
치유할 수 있는 것은.

치　수

물줄기 대신
글 줄기로 이름에 값하려
넋의 풍요 꿈꾸며 평생을 사는

큰물 막아
일부러 자연 거스르지 않으려
칼끝 핏줄에 대지 않고 사는

생명의 수호신
지성으로 섬기며 한눈 팔지 않으려
다짐하며 그는 산다

천둥소리
마른번개 훔치려 하지 않고
화장하지 않은 순박한 얼굴로

삶의 진실
유행가에 실어도 포도주 향내가 나
지성의 계보 벗어나지 못하고

친한 벗
잊은 듯 태연한 표정으로 살며
연린 속 감추는 모습이 서툴구나

시대의 증상
이해는 용서라는 자각으로 감싸며
모진 넋의 고통 이기고 살아남아

세대의 업보
여기 부려놓을 수 없는 안쓰러움
지닌 채 웃는 얼굴로 돌아설 수 없는

그 모습
어둠 모르는 이들은
평화롭다 하리라!

얼키설키 숲 속의 이야기

잘 다듬은 푸른 잔디에
석양빛이 조용히 내려
노랑 평화가 피어오르고

각자가 가지고 온
담요 크기의 안방에 길게 누워
포도주로 목을 축이며

안식과 양식으로
즐거운 사람들이
한 마을을 이루면

전설의 파우스트가
나타난다;

반달이 나무 끝에 걸리고
별도 하나 둘씩
파우스트의 죄를 열거하면

무대에선 메피스토텔레스의

준엄한 바리톤이 분위기를 짓누르고

영혼과 희망, 자유와 진리, 탐색과 고뇌,
신에 대한 호소가 애절하게

어쩔 수 없는 인간의
절규로 울려나오면

밤은 더욱 깊어져
각자 가슴에 심어온
불씨로 촛불을 밝힌다

핏빛 포도주도
빛을 잃은 채

합창 소리와
헌혈을 강요하는 모기가
피부나 얼굴 모양 노소를 가리지 않고
혼과 피를 섞고

애절한 메조소프라노 소리가
옆 사람을 잊은 초원에
고요히 울려 퍼지면

우리는 우리는
속 눈물로 영혼을
씻는다

신의
선고 그리고

저주가 파우스트에게
무섭게 내리는 절정에 달하면

끝의
시작이 온다;

어린아이들의
순수한 합창이 울려 퍼지면
초원엔 다시 희망이 스치고

천국이 아님을
깨달은 사람들은
갈 길을 걱정한다

헤드라이트가 숲을 가르며
숲과 별과 달을
그대로 남긴 채

작은 행복을 간직하고
어둠 속을 질주해야 한다

얼키고 설킨
응어릴 풀며

앞만 보고 달려야 하는
어둠 속으로.

나의 현실

1
말의
얼개엔 안 잡히고
논리 쇠사슬로도 묶지 못해

율법과는 죽음을
공유하지 않아 의식은

규칙과 싸워야 하고
힘에 버티어야 하고

이유엔
약은 꾀로 더
간교하게 속여야
지혜롭게 살아남아

현실은 온통
아이러니와 역설로 역사를 빚는다

2
없는 현실 있는 가정
없는 진리 있는 진실

진리는 잡히지 않고
진실은 소유치 못해

죽음은 스스로를
밝힐 수 없어
현실의 구획에서 제외되고

없는 진리에 묶인 현실
없는 의식에 묶인 죽음

항상 결과로만
반추되는
인간은

희망과 기억의
노예,

흐른 세월의
음침한 무덤 속에
생명을 가둘 순 없다

3
상상의 감각적 괴리
현재의 환상적 착각은
거리를 더해

이미 썩어 들어간 진리만이
새 싹을 피워 새 숲을 꿈꿀 뿐

눈과 뇌 속에서 차별을 잃고
귀와 마음에서 차별을 잃어

空과 지각의 교차 속에
피어나는 법열, 믿을 수 없어

지난 것 주인으로

우상을 만들어 속 허전함을 달랜다
인간들은

4
안과 밖
세포와 세포 사이에
일어

득시글거리는
득시글거리는

수백 억 개의 의식들에서
맑은 수정의 사고를
걸러내

일사불란한
법칙을 만든다고

학자들은 떠들어댄다
행상처럼.

5
언제나 세상은
폭력으로 유지되고

인간들은
이익으로 하나가 되어버려

생각은 자신의
자유가 점점 두려워진다
거세될까봐

6
흐르는 의식과
반복된 기억을

합리의 그물에
잡으려
이 생각 저 생각을
이성은 손아귀에
넣으려

이 느낌
이 사랑을

감성이라 천대하며
기계 속으로 공식 속으로

빨려 들어가는
동기 없는 수식마냥
선택을 못 한 채 회로 속을 뱅뱅 돌아

대상을 규정할 수 없는 인지
흘러 굳어지지 않는 의식,

가설로만
세상을 그리는 우리는

현실이라는 요구 앞에
상투적일 수밖에 없는
자신을 운명으로 받아들이며

없는 의식의
결과에

핑계를 대며
살아가야 한다
습관적으로

7
얇은
영상 위에
떠내려가는
의식의 파편들

시간 잃고
공간 잊어

힘을 잃은
인과의 법칙들

안과 밖을 잃은

꿈과 현실 사이에서

혼란된 영혼은
글과 그림 그리고 말과 노래의

깊은 속살을 모른 채
광고처럼 행복해야 한다
프로그램된 대로

8
가짜가
더 좋은 세상

약 기운 떨어지면
깨어날까봐

영상은 아편처럼
색을 더해 가고

음향은 소음으로

음색을 더해 가고

골 속엔 쌓인
쓰레긴 썩지 않아

새 생각 들어갈
빈자릴 잃고

색의 홍수 속
소리 속에 숨어사는
작은 생명의 이야길

아무도 들을 수 없고
아무도 볼 수도 없고

그
율동
아득히 느낄 수 없어

작은 의미와 기쁨

작은 공간은
저 만치서 기다리고 기다린다
인간들이 돌아서기만을

9
단위를 잃은
잣대마냥 허둥대며
시간을 잃은
맥박마냥 허둥대며

숨결을 잃은
생명마냥 식어져

뜨거운 인터넷
자위하는 컴퓨터에 의미를 구걸한다
구세주가 되어버린

10
律은 심은 게
아닌 공명일 뿐

죽은 이의
콧등을 떠나온 숨결

아기의
입술을 떠나온 입김의

내력을 느낄 수 없어
떨림은 흩어지고

작은 가지 부러지는 아픔
작은 날개 부러지는 고통

바람으로 알 수 없고
울림으로 알 수 없어

나눌 수 없는 슬픔은
비트를 타지 못해 사라진다

11
피묻은 이론과
독 묻은 논리

천상의 법칙과
지상의 인륜의

얼개는
인간을 짓는
골격으로

순수도
불순도

거부할 수 없는
우주의 사건들이 되어

살과 피 영혼을
이루고

부정과 부패
사랑과 증오

기쁨과 슬픔
자비와 평화

살인과 전쟁까지도 인간의
속성으로 세상을 만든다

12
삶의 무의식
꿈의 초의식
세포 자의식

이기적
유전인자의
끈질긴 음모

이 모든
생각조차도

백골 몰래
나 몰래

세상 가득한
중생 몰래 이루어지는
조화 속에서

구태여
나를 주장해야 하는가?
意志 앞세우며.

13
空卽是色
色卽是空

사물의 알맹이는
빈 채로 떠돌 뿐
깊이를 알 수 없어

時空이 서로를
부정하면
始原으로 가고

시공이 서로를
맞으면
역사는 소용돌이쳐

아!
부유하는
의식

인간을 시간의
부력으로 치켜올려
무지개 방울로 빛내고

언제 터질까
운명도 모른 채
빛의 가장 아름다운 모습을
닮으려 순간에 탐닉하며

의식의 요동을 생의 본질로 삼는
피와 정신의 힘찬 역사를
넋의 강 영혼의 바다로 흐르게 한다

14
말과 문자, 몸과 그리고 영혼의
유희는 생명의 슬픈 아름다움을
무늬로 새겨놓으려 성전을 만들어

넘치는 생명력을 영원히 죽지 않는
형상의 그릇에 담으려는 끊임없는
희생은 여린 자의 친근한 몫이다

15
존재하지 않는 곳에서 사고하며
사고하지 않는 곳에서 존재하는,
의지의 뿌리, 사고의 저편에는

작은 미물과 같은 조상을 섬기고

하늘을 하늘로 우주를 우주로
같이 나누는 생명의 원천이 있어

신성이 싹트고 영혼이 자라는
모태의 신비가 자리잡은 곳

나와 네가 하나가 되고
하늘과 땅이 하나 되는

모든 것들이 시작되는
영혼의 고향 거기 있어

뜻은 그곳으로부터 흐르고
형상은 거기서 태어나

말은 아직도 그곳을 향하나
의도는 밖으로 밖으로 퍼지며

끝없는 확산으로 의미를 희석시켜
희박해지는 질서는 무로 다시 태어나려 한다

16
아!
모으려는
생명의 처절한 투쟁으로

다시 태어나는
여린 시간들

얼마나
길게 생명의 숨길 숨길은
여기 이어질 것인가?

얼마나 기일게!

돌이킬 수 없는
곳을 향한.

시간의 모양

시간이 올라온다:

보자기 펄럭이며
푸른 골짜기를

그림자와
빛으로

모자이크 빚으며
머물다 흐르고

달리다가
머뭇거리며

골짜기를
낯설게 빛낸다

구름과 빛
그림자와 속도

시간의 형상을
골짜기에 드리우며

빠르게 혹은
느리게

골짜기를
오르내리며

하늘의 뜻
맞이하라고 일깨워

생명은 형상으로
시간을 잉태한다

기계로 정할 수 없는
존재의 산물

정해지지 않은
시간의 속살은

무한을
재단하는 기술로

숨길 일구며
의식을 일깨워

감각의 끝을
예리하게 연마하고

무의식의 광맥을 캐
의식을 불려

설계도에는 없는
미지의 공간을 열며

고통과 희열의
찰나를 빚낸다

색의 원형으로

누리를 물들이며

시간이
오가는 모양은

찬란한 암시를
생명에 던져

고운 넋으로
태어나라

부탁하며
검은 실루엣으로

경계를
드러내며 서 있다

아!
오가는
문턱에 서면

시원을
다시 되돌아오는

생명의 숙연한
윤회를 매일 맞는다

시간이
사는 모양을.

생명줄

비선대
절벽 위에
소나무가 자란다

부풀린 몸매나 키로
뽐내지 않고
소박한

윤기 도는 싱싱한 잎을
드러내며
의젓한 모습,

크기나 화려함보다
인내로 생명을
지켜야 하는 것을

얼마나 힘들여
생명줄을
가꾸어야 하는지를

절벽에서
두려움 없이
생기찬 모습으로 품위를 드러낸다

작은 몸매에도
솔방울은
옹골차게 맺혀

옥같이 맑은 물에
띄워 보내며
명줄을 잇는 일이

얼마나
소중한가를
드러낸다

눈보라 속에서도
곱게 푸르며
생명의 줄기찬

인내가
생명을
지키는
힘임을 절벽에서

빛내며
시간을 일구어내는 일이
더없이 소중함을

몸으로
물소리와 산새 소리를 섞어
전한다

반으로 혹은 열의 하나로
시간을 응축하여
질긴 삶을 살며

아!
모진
기억도 잊은 듯

푸르게 웃고 있구나!

벽화시대

실물에서 그림으로
그림에서 글자로 옮기며
추상으로 추상으로 달려가

손가락으로 가리키다 싫증나
인연 끊고 환상을 쌓아 세상 만들었으나

힘있는 자가 주장하면 의미가 되고
없는 자가 주장하면 무의미가 되어

애매 모호한 것은
약한 자 영리하게 만들고
강한 자 더욱 강하게 만들었다

외로운 영혼의
마음의 상처 돌봐줄 사랑하는 이
변하지 않는 의미, 흔들리지 않는 영원한 것 찾아
숨결은 깊숙이 깊숙이 문자의 뒤편으로 들어갔으나

천둥 번개 치자, 파도가 일고

그림이 움직이자, 글자는 힘을 잃고
석기 벽화시대로 되돌아갔다

헝클어진 문맥과 단어 남기고
인간적인 것 버린 채

기계 속으로 동물처럼
하나의 의미 속으로 빨려 들어가

바벨의 언어
그림의 왕국이 밝은 불 켜자
상상의 문이 닫히려 한다

아!
신은 누가 돌보라고!
천사는 어디로 날려보내고!
희망은 어디에 간직하라고!

평면에 갇힌 영혼은
무엇으로 속 깊은 고통 달래라고!

명작이 아니다

보리밭 위로
까마귀 떼가 나는 고흐의 그림은
명작이 아니다

까마귀의
소름끼치는 울음소리 나고
보리 익는 구수한 내 풍기는
바람의 말, 생명의 숨결이
파도치며 흐르는 벌에 서서,

온몸에 흙 냄새 배어들고
땀으로 목욕하며
풀벌레 소리 요란한 들판 달릴 수 없는 우리에겐.

춤추는 나무의 희열이 솟고
시냇물 속의 식구들 그리고
메꽃, 양귀비가 붉게 들을 덮은,
시원한 샘물이 솟아나고, 밤에는
태양만한 별과 은하수가 쏟아지는 곳,

산 위에서 뭉게뭉게 구름이 피어오르며
온갖 형상 그리다가는 돌연히 사납게
성깔 부리며 먹구름으로 위협하고
바위 후려치며 큰 소리로 들판을 가로질러와
인간이 두려워 신을 불러내는 그런 곳에

단 한번도 살아보지 못한 우리들에겐 이미
죽은 그림일 뿐이다.

바다에 뜬 산

소리 없는
흰 파도가 밀려오며
황색 돛이 언뜻언뜻 춤을 춘다

화채가 남빛으로 짙어지며
흰 바다 위에 그림처럼 맑게 솟아오르면
대청은 섬의 중심

공룡도 관음을 업고
수직의 1275로 높이 떠오른다

소리 없이 출렁이며 떴다가
희미하게 희미하게 섬들이 꿈속에
들면

저 밑에는
온종일 이슬비 오는데
천불 나한과 설악골 짐승이 잠긴 구름 위
태양 가득한 마등령엔 낯설은 평화가 인다

라일락 향기
마지막 철쭉꽃 한 송이의 설움 잊게 하며
산당화 산목련이 조용히 피어나는 오후

떠 있는
산 둘러
흰 수평선이 동해바다 저 편으로 이어진
인적 없는 무한대의 선경, 정적의 세계는 다시

소나무 향나무 정원이 있는 작은 섬들을
소리 없이 떠올리고
쌓는 탑이 점점 높아져 가는 사원엔
범봉이 우뚝 선다

빛이 연해져
물소리, 바람소리 날고

가슴이 열려진 골짜기에
숨소리
꽃 입술 향내 피어나면

밀려간
파도가 남긴 꿈은
다시 어둠 속으로 어둠 속으로 잦아들며
밤을 예비한다

멀리 동해엔
불빛 하나 둘 켜지고
어둠의 파도가 육중하게 내리면
또 다른 세상이
서서히 서서히 떠오른다.

늙어서 아는 일도

허깨비 생각에 집을 지어 사람 홀리고
넋까지 매달면 흉년이 온다

얼굴 마주 대고
알음알음 다 알아서
숨결 사이사이 좋게 지내고
모르는 이 없어야, 암 그렇지
그게 큰 앎이지

알 껍질만 가지고 알량한 수나 쓰면
틀어져 아는 것이 탈,
매몰스레 돌아서면 발등 찍히고

서로 어울려 사는 것인데
한 가닥 아는 것 어찌 안다 하리요
삶이 앎인 것을

제 집에서 편안하면
늙어서 아는 일도 썩 좋은 것을.

깨진 그릇

그릇에 안 담겨도
그릇의 책임은 아니다
넣고 싶은 것이
안 들어가고
다 들어가지 않는다고
누구를 탓하랴

희망과 사실이 같지 않다고
이름과 실제가 다르다고
누구에게 책임 물으랴!

담긴 것으로 착각하게 하는
인간을 속여온 학문
반성이 없구나!

그릇으로 덮어버리고
할 일 다했노라 소리치는

가엾은 인간
위험한 인간

담기지 않는 자연이 있어
자신을 떠받치며 세상을 지킨다.

깨어지면 다시 빚을 뿐 용감히 버려야 한다
담기지 않으려 몸부림치는
말로 팔려가지 않으려는 인간!

벌겋게 눈에 불을 켜고 팔아치우려는
장사치들이 만든 세상
우리 모두가 장사치인 세상에

누가 먼저 가질 것인가!
누가 그릇째 팔아 치울 것인가!

숨　김

걸어놓고 절하는 사람
노예로 삼으려는 사람
사이에
시비가 일어

역사 팔아 시간 정지시키려는
욕망 팔아 인간 차지하려는 음모는
항상 그랬던 것처럼, 목소리 높여

칼과 틀 내세우며
우리로 들어가라, 진리로 들어오라
윽박지르나

살아가는 사람들은 그런
진리란 장식품이며
원하는 것을 얻는 구실이란 것을, 때로는
완벽한 모조품이라는 것을 안다

유혹의 강 건너
소유된 문 앞엔

대형 광고판이 즐비하게 늘어서서
손님 기다리나

상품화 안 돼
무기가 되지 않은 진리는
돌, 바람, 산과 나무, 짐승, 꽃 속에서
숨어 지내고

구름과 풀과 파도와 더불어
작은 울림에도 가슴 적시며 하나가 되는
여린 사람들과 같이 지내면서
무엇 하나 드러내지 않는다.

꿈과 현실 사이 생각의 추가 정지하면
시간 멎는다는 것을 아프게 느껴
의심하지 않으려 하나

상상의 폭력, 형식의 위선이
인간의 모양을 일그러뜨리며
속마저 훑어내 빈 껍데기로 만드는

세찬 음모에 시달리다가
색과 형상으로 화려하게 포장된 약속에 넘어가
번번이 버림받은 사람들은 오히려 남을 나무라지 않는
다

계절이 지나면
옛것도 새로워진다는 것을
좋아하는 것도 변한다는 것을 알아
참을성이 모자라는 것을 부끄러워할 뿐

체험도 때때로 표를 얻지 못하며
환상도 유행을 불러온다는 것을 알아
믿는 병엔 세월이 약임을 사람들은 안다

속 깊은 생명의 알맹이에 닿아야
진짜 울림이 솟아 온몸을 태우고 적신다는 것을

저 끝의 빈터에서 이 끝의 빈터까지
하나로 공명하는 빛의 진동이 의미를 낳는다는 것을

티끌에 새겨진 의도에서 읽는 사람들은

완전한 것을 두려워할 뿐
숨결과 숨결 사이, 하늘과 땅 사이의 모든 것이
아름다움 숨기고 있음을 안다 그!
아름다움 숨기고 있음을!

봄 단풍

춘백 피는
선암사 사월
봄 단풍이 은은히 물든다.

인연 없인 못 자란다더니
계절의 흔적, 가을의 싹이 돋았나
색색이 연하게 곱구나

동백도 흰 서리 섞어 피고
법당 앞엔 다섯 겹 매화 다소곳이 피는데
조계산 중허리 단백나무 숲 너머 아련히
솜털 가시지 않은 성긴 숲이 삼매에 잠겨 있다

여수 순천 아낙 가슴 태운
갖가지 설움 눈 속에 묻혔다가
종소리 새소리에 싹이 텄나, 핏빛 진달래를 싸고
누룽지 색, 반쯤 태운 갈색으로 님 기다리다
하얗게 센 머리카락 날리며 부석한 얼굴이 피어난다

바닷바람이 산자락 몰아치며

치맛자락 파도 소리 몰아오며
도시에서 끌고 온 찌꺼기, 홍예에서 씻어버리면
숨소리만 남고,

꽃부터 토해버리고 잎 키우는 골짜기에는
신선도 내려오고 부처도 불러오고
단군 칠성 산신이 내려와 원융으로 담을 둘러 평화롭
다

진달래로 허리 묶은 점잖은 산은
오를수록 바람과 빛을 타 엷어지며
느낄 수 없는 입김에도 가냘프게 흔들리는
빛만 먹고 자란 진달래가 찬란하게 웃으면
사랑하는 연인도 시선을 가눌 수 없다

빛이 넘쳐흐르는 은분홍 진달래가
화려하고 우아한 모습으로 나타나면
신부를 맞는 설레임은 나이를 잊고
바람분홍, 맑은 분홍, 여린 분홍에 찔려
넋을 빼앗긴 채 오르고 또 오른다

법고 소리
종소리 울리면
사방은 더욱 고요해지고
어두움이 소리 먹고 빛마저 삼켜버려

사람마다
가슴의 등불 켜야 할 시간

산사 지붕 위로 떠오르는 산록은
욕심이 없으면 평화가 다시 찾아온다는 것을
말없이 보여준다

여자의 티를 벗은 진달래
봄을 순결로 빛낸다.

영원의 뿌리

옛날 옛적
시공이 넉넉하던 시절엔 서로서로
너그럽게 용서하며 한가로이 살았지

시간은 공간을 좁힐 수 없어 조용히 흐르고
공간도 시간을 세울 수 없어 스스로 머물며

한으로 핑계를 대고 세월의 여울에서
울고 웃으며 부끄럼 없이 살려 사람들은
깊숙이
뿌리를 내리며 살았지.

.   .   .

부풀린 지식과 폭발된 욕망으로
공간이 줄고 시간도 광속으로 사라져
불안한 인간은 숨결을 초로 나누며
정신을 쪼개는 숨가쁜 속도의 덫에 걸려

형상과 숨결 사이에 병이 생기고

진리 영원 미의 최면을 걸던 자도 회의에 빠지고,
영원을 훔치려는 자들에게 홀려

균형과 조화의 미덕을 잃고 잡아먹는 싸움으로
점점 작아진 적분의 뜻은 현미경으로도 찾아내기 힘든
의미, 시공의 마술사도 어쩔 수 없는 무의미 속으로 흩
어졌네

밀도로 계산하면 수천 년을 살고 있음에도
불로 장수의 욕심은 끝이 없어!

시간을 얻기 위하여

저 결핍 없는 자리로 가지 않고,
네가 있음으로 오는 열반으로,

여기 마주 보고 있음은,
돌아보면 아득한 기쁨이니

세월이 갈라놓을 수 없는 사랑으로

법칙도 침범 못 하는 혼의 영지에 살고자 함이니

저기 아닌 여기의, 저분 아닌 당신의
음 오묘하게 솟아

아!
사라질 시간에, 지워질 공간에
남을 한 점 여린 의미
영원의 뿌리여!

하늘역

여린 연분홍의
다섯 난꽃송이

아름다움으로 달려간 시선이
꽃과 나 사이를 광속으로 오가며
꽃 말을 자극하고

꽃은 빛과 모양으로
마음의 문을 열려
향내로 관성을 깨려 혼을 자극한다

거리는 형상 상하지 않게 멈추려다 언뜻
예각날로 알맹이를 가르고
유리처럼 투명해지면 생각 쉬며

개념으로
향내 막아
체취를 잃은 말은
방울방울 속 무지개를 훔치려 한다

어디쯤에서
꽃과 나는 만나는 걸까?
천국의 중간쯤일까

순간과 영원 사이의
낙차는 미의 기준,

흐르는 목숨은 불안하여
서 있으려 하고
정신은 벗어나 폭포를 향한다

세워 논 아름다움은
시간의 아픔을 위장하는 변명,

공간을 과장하는 인간들은
수많은 적분된 형상도 여린 생명이 일군
시간을 먹고 자란다는 걸 모른 척한다

아름다움이란
현재와 무한의 중간역

진리로
사랑으로
영원으로 가는 문이다
(지옥도 그곳을 거치는 걸까?)

힘으로는 세울 수 없는
살다보면 어느새 지나쳐버리는 그 곳

아!
거듭나
용서하며 사랑하는
차별없는 묘약을 마시는 혼의 영지,

꽃 속에
가슴 속에 숨어
마음으로만 갈 수 있는
빛과 형상을 지나 있는 고장,

분노 불신 거짓을 녹여

밀랍을 만드는 곳,

자!
불을 켜라

오!

혼을 태우는 꽃이여!
혼을 떨게 하는 소리여!
가슴을 적시는 음성이여!

부드러운 움직임으로
생명 잇는

크기 없는 비율로
소유할 수 없는 신비로 풀어주는 넋이여!

예지의 문지기
천국의 파수꾼이여!

어디로 가는지도 모르고
과속하는 우리를 세워다오

깨어 있어야
갈 수 있는 그 역에.

길들이기

영웅은 없다
모두가 노동자
벨트 앞에 앉아 시키는 대로만 하면
행복은 자동으로 찾아온다고 보이지 않는 손은
제품 같은 천국을 약속하고

모두가 평등하여
벨트 앞에 앉아 꼭 같이 생각하면
행복은 자동으로 찾아오나
의심하면 불행이 온다 경고한다

모두가 예약되어
벨트 앞에 앉아 운명대로 작동하면
행복은 가속도로 찾아와
편리함에 운명처럼 익숙해지고

모든 것은 진리, 조금만 어긋나도 죄가 돼
벨트 앞에 앉아 시키는 대로만 의식하면
행복은 필연으로 찾아와
세계엔 논리 정연한 평화가 찾아온단다

영웅이 사라진 거리의 고요
벨트 앞에 앉아 세뇌된 대로 살아가면
기계 소리 청아하게
행복은 무의식으로 찾아와
환상의 미래가 광속으로 다가오고

흐르지 않는 생각은 약품으로 처리될 뿐
벨트 앞에 앉아 악취 느낄 수 없어
행복은 무색 무취의 순수성을 더해와
오메가 빛나는 화려한 세상이 되었다

아!
그 후 이야기는
묻는 이가 없다.

사람이 죽어도 수술은 대성공

동물은 인류의 조상,
동물이 오케이하면
의사들은 두뇌에 약을 놓아

동물처럼 행동하지 않으면
인간은 비정상적이다

정신을 침전시키는 약을 무기로
어린 머리와 가슴을
무차별 공격하여 본성을 없애고

시체에서 훔쳐내
산 사람에 팔며
경계를 넘고

만사형통약에
사람은 반응기제일 뿐
인간성은 불필요한 가정이란다

말로 위로하며

고치던 옛 의술도

사는 곳 가려
마음 길러내던 관습도 잊은 채

사진사의 하수인,
기계의 수치밖에 몰라
환산하여 생명의 눈금에 수명을 매긴다

부드러운 한 마디로 나을 병을
빨간약 한 방울로 나을 병을

핵 사진 찍고
살 떼어 죽여놓고

겁주고 새 기술로 위협하여
위급 환자 돈 뜯어내
호화스런 이들은 무척이나 즐겁다

눈구멍 뚫어져라 보면서 肝이 성한가는 보지 않고

귓구멍 뚫어져라 보면서 콩팥쯤이야 썩든말든
외눈박이의 천국,

무서운 신의 모방자!
전체를 잃은 단순 노동자!
사람을 잃은 단순 기술자!

수단일랑 묻지 말라
환자들랑 믿지 말라
돈이 말하니까

억수 벌어야 명의지
이름이 밥 먹여주나,

서양 수치로 다스리고
꼬부랑 글씨로
부끄러움 감춘다

아!
오늘도 성공한 수술 덕분에

한 인간이 냉동실로 끌려가

쌓인다.

영혼의 수집가

넋 찾아
약속되지 않은
땅을 헤매며

준비 없이
부딪쳐야 하는

고통을 업으로 상처를 쌓는
영혼은 외로워

고단한 삶 방향 없어
넋의 향기 찾아 천지를 헤매다가

희망에 자신을 무조건 던지는
용기

만남이 구원인 가슴엔
수많은 넋들이 들어와

영지를 가꾸어

쉴 줄 모르는 그는 행복해

별처럼 수많은 영혼
갖가지 수많은 축복

오직 온몸으로 느끼며 소원 이루려
기억에 얽매이지 않는 자유

불안과 불확실성으로 감싸며
미래를 여는 사람

말로 할 수 없어 타인은 모르는
마음의 보물 혼자 기뻐하며

머무는 곳 없는 그는
어디든 다 제 고향이란다

시간과 공간, 인간이 정해 놓은
것에 구애 없이

수풀과 쓰레기 속에서 넋을 찾아내는
마음의 눈은 어리석듯 촌스러워

모두 거리낌 없이 다가와 친해지고
있는 듯 없는 듯 존재로 위협하지 않아

상처받기 쉬운 천성은 축복,
다스리려 들지 않아 죄를 모른다

아!
고통과 열반을 함께 건지려는
영혼의 수많은 얼굴들

수많은 들꽃의 미소로
평화를 빛내는 그는

살아 있는
신을 닮았다

현
— 고 김현을 기억하며

거리에서 잃어버린 산 벗
평생 목표라던 백두산
한번 보지도 못하고
미륵을 향해 달려간 친구

저 남쪽 진도 고향에선
죽으면 굿하고 노래한다던데
서울사람 그 누가 슬픈가?

4·19 세대라던 청년
새로운 정신을 향해 항상 과속하던 고독,
죽음을 예고한 부호들을
다가올 슬픔 때문에 거부해야 했던
마지막 해석구조

백지장의 몸을 실험실로 만든
의학적 현실 그리고
생과 집착의 갈림길에서
삶을 양보한 아량

산을 그리다
이제 산보다 높은 곳에서
서울의 남쪽을 바라볼,
신선주를 마셔도 맛 모를 친구,

긴 장마 초엽에 속까지 젖어버린 벗들
현이가 먼저가 술 담가놓고 기다릴 거란
허튼 위로.

메트릭스

얽히고 설킨 구조의 무늬를
풀어내는 복잡한 알고리즘은

지각의 표면에 나타나지 않아
의식을 벗어난 혼돈의 깊은 늪

감추어진 의미의 수수께끼를 푸는
수많은 공식의 얼개로 덧씌우며

각막에 각종 수식의 얼개를 씌워
인간은 순수한 눈을 잃어버렸다

의식이 배설물로 만들어내는 환상의
가상현실은 지식의 사기성을 드러내며

세상을 향해 던진 그물로 건져내는
진실은 스스로 만든 욕망의 그림자

그물에 걸린 것들을 건져내도
우주의 끝간 데를 알 수 없어

추측이 굳어지면 인간을 구속하여
여여를 밀어내며 세상을 고착시킨다

진리란 수의 격자에 뜨는 무지개
형태를 빚어 의미를 관리하는 주재자

진실이란 논리의 그물로 지식의 인공호수에서
견져내는 조작된 욕망들을 합리화하는 공식

수열의 격자가 만들어내는 가상의 영상은
존재를 줄기차게 의식에 요구하여

메트릭스로 칠해버린 영혼의 유리창엔
밝은 빛을 밝혀놓아

우주의 깊고 어둔 무한을 느낄 수 없어
자폐의 무한한 순환으로 쳇바퀴를 돌린다

논리의 날줄과 씨줄로 직조하는

무늬는 존재의 이데아를 잡으려 하나

환상으로 빚어진 것들은
의식의 영역으로 들어와 영속을 요구하며

생명에 뿌리를 내리지 못하는 환영은
의식을 혼란시키며 생명을 갉아먹는다

시간의 덫에서 벗어날 수 없는 인간
편의의 함정에서 벗어날 수 없고

의미 얻을 수 있는 수단 따로 없어
지식의 얼개를 통할 수밖에 없어

끊임없이 만들어야 하는 가상의 사과 맛은
불완전한 인간의 불안을 위로하는 아편으로

깨어 있음의 고통을 피하는 손쉬운 아편으로
아무나 먹을 수 있어 영혼은 혼란을 타고나

성직자 지식인 정치가들이 간교하게 조작하는
지식 얼개의 음모는 연약한 인간을 위협하고

강자의 요구대로 구성하여 재배를 정당화하고
영구체제로 세뇌 합리화하여 무의식이 된다

인간들이 얽어논 인식의 그물은 임의적 구조
조작된 의식의 뿌리 없는 환영은 허구적 구조

허상에 목숨을 걸어야 하는 위태로운 조건
감각의 무늬로 엮은 인식의 허망한 조건

임의적일 수밖에 없는 의식의 자명한 근거는
확신할 수 없는 구조와 조건의 부산물일 뿐

정의와 약속으로 의미를 규정하는 강제 장치
언어가 엮어 논 얼개의 틀은 의식을 지어낼 뿐

사물을 담아 키우는 메트릭스의 끝없는 시도는
여여의 때묻지 않은 자유를 허용하지 못하여

얼개의 힘은 갈수록 막강하게 자라나고
길들여 인간은 갈수록 자연과는 멀어진다

영원이라는 마력에 도취되어 스스로 벗어나지 못해
역사는 전능한 영구 메트릭스를 만들려다 실패하고

영혼이 굳어져 깨지고 부서지는 소용돌이 속으로
떨어지는 인간의 비극을 끊임없이 되풀이하며

인조 메트릭스 없이는 살 수 없는 인간이 되어
순수한 것과 사악한 것이 구분 없이 한데 섞여

어느새 분신이 되어 버린 그물에서 벗어날 수 없어
인간은 새로운 현실의 가능성을 잃고 고착된다

조작으로 세상의 진실을 만들어야 한다는 강박관념은
어느 하나도 자연 그대로를 허용하지 않으려 잘라내

모아 놓고 공기를 더해 불로 태우고 물로 섞어 온갖

형상 빚어내며 영원을 주조하는 풀무에는 항상

권력과 힘의 의지가 개인의 목소리를 억누르고
세뇌된 의식은 관성으로 여여의 진실 두려워

새로운 메트릭스를 거부하는 인간들은 두려워
고착된 의식에 안주하고 과거에 집착하며 산다

헛 메트릭스를 뒤집어씌우면 의식은 현실을 떠나
환경과 불화하는 고통을 없애 자의식을 없애고

메트릭스를 잃으면 혼란은 고통으로 다가오고
메트릭스를 찾으면 언뜻 나타나는 의미 빛나는

전율로 온몸을 감싸며 의미의 지평을 여는 황홀
새로운 세계를 여는 지혜의 열쇠로 시간에 잡혀

인식의 법칙들을 창조적으로 부수면 살아남으나
메트릭스를 영원으로 만드는 인간들은 사라져 갔다

법칙없이 살 수 없는 인간들은 메트릭스에 목 매
임의로 만든 법칙의 노예가 되어 벗어나지 못하여

감각으로 빚어내는 예술도 메트릭스를 숨겨 놓아
지각 규칙으로 감각을 담아야 시간을 극복하고

거품을 모은 찬란한 무지개 빛 메트릭스가 피어나
사물의 뼈대를 꿰뚫는 투시의 메트릭스는 예리하게

인간 의식의 허상을 먹고 자라나는 지식의 속성을 아
나
그것 없이는 의식도 버텨날 수 없는 것 어쩔 수 없어

시간 벗어날 수 없는 메트릭스의 운명은 영원에 도전
하여
존재를 요구하는 격자 위에는 희망의 꿈이 부풀어 자
라나

신, 진리, 의미, 논리, 영상, 그리고 예술이 무리져 떠
다니며

인간의 의식을 점령하고 때때로 생명을 희생물로 요구
한다

감각 지각 의식 법칙 원리로 불리우며 인간의 넋을 규
율하고
넋에 기생하며 떠도는 영혼의 거주지는 시간의 함수로
변하여

찰나의 자손들은 영원을 기원하며 불가능을 모른 척
외면하고
뻔히 알고 있으면서도 다른 선택을 모른 척 외면하며
허용하여

무의식으로 변한 의식은 아는 것을 피하여 숨기며 변
명하려
신체에 핑계를 대며 문화 자의식은 의식의 금기를 숨
기어

마치 없는 것처럼 위장하며 히스테리의 속성을 드러내
진실을 감추고 문화에 순응하기 위해 고통을 전가한다

  지력의 낭비를 줄이기 위한 메트릭스는 친족 살해의 전형으로
  의식의 숨쉴 자리를 없애고 영혼의 거듭남을 불가능하게 하여

  조작된 의식의 고착된 관성은 효능을 빌미로 진리를 주장하며
  영원의 독과점을 선포하여 살아 있는 의식의 생명을 유린하고

  살아 있음의 자유를 구속하여 찰나의 황홀과 열반을 앗아가
  신체는 미이라가 되고 영혼은 박제된 채 권력의 장식품이 된다

  책에 쌓아 놓은 수많은 메트릭스 쓰레기와 희생은 역사로 기억되고
  승자의 음모와 조작은 생존의 증거로 인간들의 희생을 정당화하고

신마저 메트릭스의 틀에서 벗어나기 위하여 피나는 노
력을 기울여야 하고
영혼은 메트릭스의 축복을 자신의 업적으로 남기기 위
해 합리화하여

인간 희생을 요구하는 수많은 시행착오도 선의의 한계
로 허용되어
속없는 인간들은 문화의 위대한 업적으로 추켜세우며
숭배하여

역사는 반복하여 반성할 줄을 몰라 인간은 망각의 늪
을 배회하고
메트릭스는 육신을 관리하며 영혼을 압박 권력의 도구
가 되어

형상을 낳고 의미를 주어 의식을 기르며 인식의 틀을
세워 가면서
체계적인 통제를 가능케 하는 마력으로 힘있는 자의
하수인이 된다

0과 1의 거품 위에 뜨는 무수한 가상의 형상들은 격자
의 법칙으로
  의식을 유혹 영혼을 허공으로 불러들여 악몽과 진실을
섞으려 하고

  혼란한 넋의 시선은 때때로 진실을 외면하려 색과 소
리에 탐닉하며
  감각의 속살을 빼앗아간 빛의 껍데기에 사로잡혀 몸을
잊어버리고

  사물이 진실과 직접성을 잃은 의식은 꿈과 현실의 구
분을 잃고 말아
  확실성의 단초마저 도둑맞아 불확실성의 불안과 공포
로 떨며

  모든 것에 대한 신뢰를 잃은 인간들은 적대시하며 공
격적으로 변해
  서로를 불신하는 약육강식의 야수가 지배하는 사회는
힘이 지배해

자애의 아득한 빛은 기계의 너무 강한 광선에 눌려 생
명과 멀어지고
인간에 대한 경외가 희석된 오만한 지식 앞에서 개인
은 장난감이 된다

희망과 꿈의 표현인 신화는 이제 어떠한 모습으로 탄
생할 것이며
이익과 권력의 합리화는 어떠한 새로운 이데올로기를
만들어낼까

하나의 현상을 이해하는 도구로 모든 현상을 재단하면
폭력이 돼
이해를 위한 방편이 지배의 수단으로 변할 때 인간은
위험해진다

정신의 틀, 마음의 도구, 의식의 기술은 공기 같아서
필요 불가결하고
신화는 정치 의도를 위장하기 위한 수단이며 학문은
각주를 단 이념들

　신화, 역사, 이론, 원리, 법칙, 기술은 생각의 도구이며
지각의 열쇠
　그러나 도구가 현상을 규율하면 세상은 전도되어 억압
이 시작된다

　현상을 알기 위한 도구가 대상을 떠나버리면 자폐의
세계에 떨어져
　의식은 자신의 울타리를 벗어나지 못하여 현실은 저만
치 벗어나고

　대상 없는 감각의 결핍이 불러오는 고통을 자해로 각
성시키고
　악몽의 악순환이 영육을 좀먹어도 어쩔 수 없는 무능
력으로 남아

　의지가 소멸되어 스스로 파멸의 길로 달려가도 헤어날
수 없어
　도구가 주인이 되어 짓누르며 조작하고 폭력을 가해도
어쩔 수 없다

176

스스로 자신의 메트릭스를 바꿀 수 있다는 게 얼마나
행복한 것인가!
세상이 생명에 자극을 준다는 게 얼마나 영혼을 자유
롭게 하는가!

열린 영혼은 얼마나 생명의 진실이 소중한가를 알려주
고!
왜곡된 지식의 고착은 얼마나 인간을 억압하는가!

깨어 있다는 게 얼마나 우리를 유연하고 자유롭게 하
는가!
살아 있다는 게 얼마나 인간을 순간에 진실되게 하는
가!

아!
찰나도 고착되지 않고 살아 있는 이들이여!
도구의 횡포에서 벗어난 아름다운 넋이여!

과감히 메트릭스를 버려라

생의 창조와 자유를 위해!

우리는 어디로 가고 있는 걸까

진화로는
어디로 가는지 알 수 없어

생명은 돌연변이의 춤을 출 뿐
진보에 대한 해답 없이

생존의 기계에 매달리며
다양성의 확률에 희망을 걸고

생명의 기원 알 수 없어
옛것 소중히 간직하며 기다린다

같은 것은 지루하여
깜짝깜짝 각성시켜야

생명과 찰나도 귀하게 여기나
잡동사니를 모은 우리의 넋

복잡한 지식도 실은
허상들을 모은 것

확실한 것 하나 없고
알맹이도 비어

말하는 의식의 기적도
우주의 조화 다 전할 수 없다

혼돈과 불순이 모여
확률을 이루면

무슨 기적을 만들고 있는 걸까
어디로 우리는 가고 있는 걸까

시간은 부단히 흐르는데
어디로 시선을 돌려야 하는가

만든 유령은 현실을 빚어
계산할 수 없는 것이 섞여도

숫자로 세상을 재단하는 환상은

지식의 가장 커다란 유혹이다

아!
왜 초조해야 하는가?
왜 이렇게 시간을 두려워해야 하는가?

인간을 누가 정의하는가
생명에 누가 의미를 던지는가

세포라는 매체는
어떤 메시지를 전하려 하는가

질서와 혼돈 사이의 존재는
무엇으로 세상을 말할 수 있는가?

왜 이렇게 달려가야 하는가

어딘지도 모르는 곳으로!

영혼의 가죽푸대

수많은
차원 속에 떠 있는

어항에
나무 심고 금붕어도 넣고

산과 푸른 바다
흰 구름과 비를 섞어 넣으면

너와 나는
무한 좌표상의 점 하나,

상대적 공간은
구분할 수 없는 크기

넋 담는
가죽푸대만 있으면

생명은
빛나는 황홀,

너의
나의 안은

차별을 여읜
존재

긴 여정 속
섞이고 섞여진 살과 뼈

순환만이
시간을 불리는 풀무 속에서

형상으로 빚어져
이렇게 마주 보고 있구나!

너의 우주
나의 우주

너와

나의 넋

서로 물끄러미
바라보는구나!

"어디서 왔슈!
어디로 갈거요?"

가죽푸대 샐 날도 모른 채
미소지으며

서로 바라보며
묻는구나,

혼 감싸는
얇은 막

상징 전하는
살아 있음의 축제를 마치고

시간의 저편
신비 속으로

열반의
그림자만 남긴 채 사라질

금붕어의 환상
나의 꿈은

생명의 한 줄기서
뻗어나와

소실점을
의식하며

진한 시간에
생명의 밭을 간다

너와 나
가죽 울타리 안에서

과거와 미래의
중심을 잡으며

무한의 무게와
찰나의 의미로 균형을 잡아

미지를
숙명으로 밭을 간다

아!
안과 밖의 거리,
너와 내가 얼마나 다르랴

물끄러미 어항 속
붕어가 나를 바라다본다

차원 다른
우주에 떠서.

자유로운 현대인의 꿈

박현옥(천안대 교수)

이번 봄 내 아파트 정원 가득히 떨어지는 꽃비를 차창에 달고 서울과 천안을 오갔다.

지금은 비가 내린다. 여름 홍수 같은 장대비가 차창으로 가득 달려온다.

선생님의 시는 때로는 아름다운 꽃비로, 때로는 가슴을 찌르는 장대비로 내게 읽혀졌다.

선생님은 이십여 년 전 어느 날, 시 한 편을 수줍게 보여주셨다. 이후 제 무게를 주체하지 못하고 떨어지는 열매처럼 쌓이기 시작한 시들을 독자로 읽을 수 있는 즐거움을 내게 허락하셨다.

그렇게 시작된 선생님의 시 읽기는 내 삶의 커다란 기쁨이자 위로가 되었다.

그 시들이 한 권의 시집으로 묶어 세상에 나오게 되었다. 이 한 권은 선생님의 무수한 시들의 진원을 알리는 서곡에 불과할 것이다.

■ 느리게 사는 문학청년

선생님은 느리게 사는 문학청년이다. 내가 알고 있는 선생님은 고등학교 시절부터 문학을 하였고, 이후 작가에의 꿈을 버린 적이 한번도 없었다. 그리고 그 꿈을 실천하셨다.

아주 천천히.

선생님의 글쓰기는 생활이었고, 함께 살아야만 하는 동반자였다.

무엇이 선생님으로 하여금 시를 쓰도록 하였는가? 전후 1세대인 선생님은 불합리와 상처뿐인 욕망이 들끓는 시대의 아픔을 인내하기 위하여 시를 쓰셨고, 인생은 슬픔으로 가득 차 있다는 고흐의 표현처럼 슬픔으로 가득 찬 인생을 견디기 위하여, 그리고 자신을 소중히 여기고 지키기 위하여 시를 쓰셨다.

선생님은 지금까지 이십대의 비판 의식과 치열함을 지닌 청년으로 생활하셨고,

쓰레기로 장식한 도시,
먼지 낀 인간의 시력,
최루가스로 화장한 성당,
그리고 시체들이 내동댕이쳐진 거리에서
진리를 등기내려는 무리들이 이빨을 드러낸다.

백성을 볼모로, 이념을 무기로
소주 맥주 칵테일 파티가 열리면

소리치고, 눈물짓고, 돌 던지고, 한숨짓고
결국, 힘은 신앙의 원천이 된다.

〔…중략…〕

폭력을 먹고사는 기회주의자들은 평화를 두려워하고
—「생각 쓰레기」 부분

그와 동시에 기다리고 용서하는 느린 삶을 택하셨다.

그 사람을 기다렸다
전설에 약속된 대로
미래를 이끌어갈
큰 능력 그리고
우리를 인도할 어떤 무엇을 가진 자로서
〔…중략…〕
기대 때문에 자신이 미미해짐을 기쁨으로 여겼다
—「기다리는 사람들」 부분

■ 이 시대의 선비

선생님은 학자라는 수식어보다 선비라는 표현을 좋아하셨다. 우리 나라 옛 선비들은 전문 영역뿐 아니라 시와 철학을, 문학을 즐길 수 있는 전인적 인격자로서 존경받아 왔기 때문인 것으로 생각된다. 선비로 살기 위하여 선생님은 평등이라는 명분하에 난무하는 불합리한 다수의 폭력을 거부하였다.

적당히 죄를 짓고 적당히 부정하고 적당히 타락하여
적당히 사는 방법을 민주적으로 합법화해버리고
〔…중략…〕

민주 법칙은 선악을 안 가리고 미래를 책임지지 않아
반 이상만 찬성하면 미치든 안 미치든 상관없이 결정된다
반 이상이면 미친 줄도 모르니까
〔…중략…〕

이 기막힌 균형
이 기막힌 합리.
　　　　　　　　　　　　—「주의의 승리 : 평등의 천국」 부분

　선비로서 선생님은 전공 학문을 하는 제자들에게는 언제나 비판적이고 자유로운 사고하기, 창의적 학문하기를 강조하셨다. 그리고 학문에 집중하는 법과 단순하게 사는 법을 몸소 보여주셨다.

　■ 하이테크 시대를 견디는 법
　인생이 필연과 우연의 이중주로 구성되었다면, 선생님의 삶은 우연에 기대어 사는 삶, 즉 자연스러운, 자연을 모욕하지 않는 삶을 택하였다. 그리하여 필연을 만들기 위하여 애쓰는 시지프들을 다음과 같이 이야기한다.

물밀듯이 밀려오는 인스턴트 유령들은
음모라기엔 부끄러운 무시하기엔 너무 큰
알 수 없는 힘으로 본성을 갉아먹어
〔…중략…〕
영혼은 하늘이 준 자리를 잃어버렸다

—「인스턴트」 부분

호르몬의 천국에서 의사 약사 과학자 심술사 종교사들은
엔트로피 천국을 약속하며 시대 정신을 구현하고
영상 업자들은 색 쓰레기로
벗은 두개골에 허상을 채우려 음모하며
〔…중략…〕
문화로 핑계대는 뇌수 없는 사회의 속살 없는 욕망은
이익의 주인 없는 공허한 관성, 보이지 않는 손의
폭력에 지치고 병들어 자연도 신체도 손을 들어버린,

—「하이테크 포르노」 부분

　　현대인들은 문명이라는 이름 속에서 끝없이 희망 없는 노동으로 절규해야만 하는 존재이다.
　　그렇기 때문에 선생님은 아름답게 단풍질 수 있는 모습을 희망하고, 영원한 것을 두려움으로 받아들일 수 있는 자유로운 현대인을 꿈꾸는 것이다.
　　끝으로 이 시집은 송준만 교수님의 회갑을 기념하기 위하여 특수교육과 제자들이 헌정한 것임을 밝혀 둔다.